AUX ARMES!

PAR

J.-F. DESTIGNY (de Caen),

AUTEUR DE LA NÉMÉSIS INCORRUPTIBLE.

Demande des soldats, emprunte-nous du sang ;
Tu n'adresseras point une supplique vaine :
Nous donnerons nos fils et nous tendrons la veine !

(*Némésis.*)

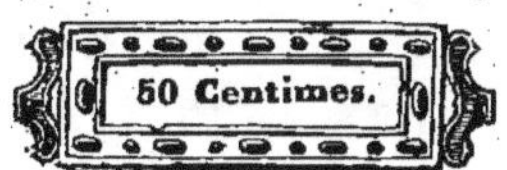

Paris.

CHEZ L'AUTEUR, RUE DE LA HARPE, 64;
ET CHEZ TOUS LES LIBRAIRES ET MARCHANDS DE PITTORESQUES.

—

1840

AUX ARMES !

41911

Typographie Lacrampe et Comp., rue Damiette, 2.

AUX ARMES !

PAR

J.-F. DESTIGNY (de Caen),

Auteur de la Némésis Incorruptible.

> Demande des soldats, emprunte-nous du sang ;
> Tu n'adresseras point une supplique vaine :
> Nous donnerons nos fils, et nous tendrons la veine!
>
> (Némésis.)

PARIS.

CHEZ L'AUTEUR, RUE DE LA HARPE, 64 ;

ET CHEZ TOUS LES LIBRAIRES ET MARCHANDS DE PITTORESQUES.

—

1840

LA GUERRE.

Demande des soldats, emprunte-nous du sang ;
Tu n'adresseras point une supplique vaine :
Nous donnerons nos fils et nous tendrons la veine !

(Némésis.)

A MÉHÉMET-ALI.

Magnanime PACHA, despote populaire,
Accepte le tribut de ma sainte colère !
Ta cause est notre cause : un sacrilége affront,
En fouettant ton visage, a cinglé notre front ;
Depuis plus de trois mois la Quadruple Alliance
Confond dans ses crachats et l'Égypte et la France ;
Elle exécute en lâche un traité flétrissant !
— L'infâme Palmerston a les doigts teints de sang

Avant de parapher son dernier protocole ;

Et nous, qui des Anglais avons dans mainte école

Apprécié trop tard la judaïque foi,

Nous restons l'arme au bras quand tu dis : FRANCE, A MOI !

— L'Autocrate affamé de conquêtes nouvelles

Va baigner ses vaisseaux dans l'eau des Dardanelles ;

Il couve du regard la ville des Sultans,

Et nous sommes trop loin pour arriver à temps !

— L'Autriche, peuple esclave, hétérogène empire

Qui doit à ses voisins jusqu'à l'air qu'il respire,

L'Autriche à Nicolas a promis des renforts,

Et pas un paquebot n'est sorti de nos ports !

— La Prusse, un coin de terre inconnu sur la carte,

Un point que du talon écrasait Bonaparte,

Depuis qu'on nous condamne à la paix à tout prix,

La Prusse aussi nous jette un insolent mépris !

— Indignes héritiers de quarante ans de gloire,

Nous verrait-on demain déchirer notre histoire

Et livrer nos foyers aux Cosaques du Nord ?...

Allons ! peuple, choisis : l'ESCLAVAGE ou la MORT !

Aux soufflets de l'Europe il faut tendre la joue,

T'abreuver de dédains, t'aplatir dans la boue,

Renier ton passé, ta cocarde et ton nom,
Vivre abject... ou des Rois enclouer le canon !
Il faut serrer les flancs de cette ligue altière
Avant que ses boulets déchirent la frontière;
Il faut des gouvernants bretons, russes, germains,
Faire craquer les os dans tes robustes mains,
Et reprendre partout notre ancien territoire;
Il faut, par violence, arracher la victoire;
Il faut vaincre à tout prix !... Citoyens et soldats,
Formons ici le camp; l'avant-garde est là-bas !

Quiconque a des *Traités* approfondi le texte
Comprend que le Sultan n'est ici qu'un prétexte.
Non, certes, ce n'est pas sans arrière dessein
Que le Czar prend ainsi la clef du Pont-Euxin.
Dès qu'il serait, mon Dieu ! le maître du Bosphore,
Quel peuple oserait donc lui résister encore?
Le Golfe de Lyon dans un mois serait pris;
Constantinople, enfin, c'est le seuil de Paris !...
Voilà le but secret de cette affreuse intrigue.
— Avant que le torrent ait pu trouer sa digue,

Opposons lui, Français, d'énergiques efforts;
Et maudit soit qui veut étouffer nos transports!...

Que nous importe à nous l'intérêt dynastique?
C'est une question de calcul domestique
Bien étrangère aux soins des peuples d'aujourd'hui.
Sans nous préoccuper des affaires d'autrui,
Forçons les potentats à respecter la France!
Poussons vers la Pologne un cri de délivrance,
Notre appel franchira le sommet des Balkans;
Remuons sans retard la cendre des volcans,
Des tyrans alliés le pacte nous délie;
Soufflons le feu d'Espagne, insurgeons l'Italie,
Galvanisons l'Europe... enfin relevons-nous!
Les conjurés viendront nous baiser les genoux.

Perfides courtisans d'un aveugle système,
Valetaille sans cœur, noblesse sans baptême,
Lâche camarilla, guerriers de carrefours,
Embastillez Paris, élevez tours sur tours,

Garrottez le géant des pieds jusqu'à la tête !

— Vos canons sont-ils pleins ? la mèche est-elle prête ?

Avez-vous bien saisi l'instant de la torpeur ?...

Osez tout désormais : *la canaille* aura peur !

Osez tout, — excepté ce qui la déshonore.

Elle endure quinze ans des maîtres qu'elle abhorre,

Mais on la voit frémir au seul mot d'*Étranger*...

— Nous avons sur le cœur tant d'affronts à venger ! —

Oh ! n'essayez donc plus d'enchaîner notre audace ;

Rangez-vous !... évitez l'avalanche qui passe !

Quand un rocher bondit, il n'est obstacle humain

Qui puisse au flanc du mont lui barrer le chemin.

Vous craignez le réveil des discordes civiles ?

Rassurez-vous, trembleurs !... dégarnissez nos villes :

Dès ce jour les partis suspendent leurs débats.

La Capitale seule a cent mille soldats ;

Jetez-les sur le Rhin, — couvrez-en la Belgique ;

Laissez aux citoyens la défense publique :

Sur notre liberté, nous vous en répondons.

L'émeute, qui déjà rallume ses brandons,

Saura les étouffer au premier cri de — GUERRE !
Que ce cri, Gouvernants, ébranle donc la terre ;
Vous porterez ainsi, d'un seul éclat de voix ,
L'espérance à l'Égypte et l'épouvante aux Rois !

Prenez la foudre en main, dirigez la tempête ;
Quand l'indignation va du cœur à la tête,
Le peuple n'entend plus ni raison ni devoir ;
Il déracine un trône, il écrase un pouvoir ;
Sa fureur ne voit rien qui soit inviolable...
Ministres, vous savez ce dont il est capable ;
N'enrayez pas le jeu de ses puissants ressorts,
Mais détournez les coups du dedans au dehors.
Il serait imprudent de prolonger la crise :
Il faut que le timon fonctionne ou se brise ;
Quand le char tient la pente, il ne s'arrête pas.

Le temps presse, marins ; on s'égorge là-bas !
Beyrouth à peine en cendre, on bloque Alexandrie...
Demain notre allié n'aura plus de patrie,

Si vous n'intervenez avec trente vaisseaux.

Les cadavres déjà se comptent par monceaux!

Le rivage est en feu... L'insolent Commodore

A troué de boulets le drapeau tricolore!

Dans le bombardement, ce pirate brutal

N'a pas même épargné les murs d'un hôpital!...

Il brûle sans motif, il abat, il saccage,

Il détruit ce qu'il trouve accessible à sa rage...

NAPIER n'est pas de ceux qui vous jettent le gant;

Il vous attaque en traître et vous frappe en brigand!

Allons! marins français, l'Europe vous contemple!

Imitez de REYGNARD le salutaire exemple;

Châtiez, s'il le faut, ces ennemis pervers :

Vous nous garantissez la liberté des mers!

Alerte, Citoyens! debout, vaillante armée!

Vieux débris d'une Garde à vaincre accoutumée,

Restes de Waterloo formez un bataillon!

Laboureurs, dételez, au milieu du sillon,

Vos coursiers trop longtemps réduits à la charrue!

Jeunesse des salons, travailleurs de la rue,

N'ayez qu'une bannière à l'heure du danger ;

Notre ennemi commun, Frères, — c'est l'Étranger !

Écrasons sans pitié cette exécrable engeance !...

L'Égypte n'est pas seule à nous crier vengeance ;

De tout peuple asservi les soupirs déchirants

Appellent notre glaive au cœur de ces tyrans.

Et la France, mon Dieu ! nous l'ont–ils souffletée !

Sa Colonne, quinze ans, resta décapitée ;

Son riche *Muséum*, dans nos jours désastreux,

Fut de tous ses trésors dévalisé par eux.

Pour solder aux *Vainqueurs* les frais de sa *défaite*,

Le peuple creusa tant le gouffre de la dette,

Qu'il faillit y périr en voulant le combler...

Devant des échafauds réduites à trembler,

Nos mères ont alors blasphémé notre gloire !

Nous avons dû porter la honte expiatoire

Jusqu'à l'entier oubli de nos mille succès,

Jusqu'à rougir souvent du titre de Français !...

Qui de nous a besoin d'évoquer d'autres haines ?

Au seul mot d'Allié le sang bout dans nos veines ;

La soif de la vengeance embrase notre sein !...

Les Rois, au lieu d'un glas, ont sonné le tocsin ;

La cendre del'Égypte un jour sera féconde :
Beyrouth, en s'écroulant, vient d'ébranler le Monde!

Courage, MÉHÉMET, rougis le Mont Liban
Du carnage de ceux qui t'ont mis à leur ban!
La France populaire aujourd'hui se réveille.
De l'horizon brumeux qui te cache Marseille
Peut-être jailliront quelques rayons d'espoir!
Persévère, PACHA, la Chambre va s'asseoir
Et discuter enfin la question de guerre...
Tout esprit clairvoyant exècre l'Angleterre;
La tribune devra retentir de discours
De nature à dompter l'insolence des cours.
Le pays les attend; le drame se prépare...
Du vaisseau de l'État quiconque prend la barre,
Peut suivre sans effroi l'impulsion des flots.
Que nous importe à nous le nom des matelots,
S'ils tracent, en voguant, un glorieux sillage?
Le pavillon français couvrira l'équipage.
— Espère, espère donc, intrépide vieillard;
Un tardif arc—en—ciel va percer le brouillard;

Le soleil sortira de ses langes humides.

Interroge des yeux le front des Pyramides :

Le nom qu'y burina le fer du Conquérant

Ne peut ni s'avilir ni cesser d'être grand ;

Les Rois n'iront donc pas jusqu'à ta déchéance,

En vertu d'un traité que déchire la France !

L'Angleterre sait trop que, grâce à la vapeur,

L'Irlande n'est pas loin... — Palmerston aura peur.

Aux armes ! Gouvernants... que du moins le massacre

Ne puisse parvenir de Seyde à Saint-Jean-d'Acre

Sans trouver au passage un obstacle français !

Arrêtons de Stopford les barbares excès !

— Eh quoi ! le sabre pèse à votre main tremblante ?...

Voyez, à l'orient, la Pologne sanglante

Se dresser devant vous comme un juste remords !

Elle arrose de pleurs la cendre de ses morts

Et vous montre du doigt l'affreuse Sybérie !...

Voulez-vous que demain l'Égypte et la Syrie

Partagent contre vous son indignation ?...

Ne sommes-nous donc plus la grande nation

Qui naguère faisait le calme et la tempête?...

Le peuple a dans la fange assez plongé la tête;

Il demande à sortir de cet infâme égout.

La digue se crevasse... allons, maîtres, debout!

Acceptez d'un sang pur le tribut volontaire :

Châtions Nicolas et broyons l'Angleterre !

Pour l'Autriche et la Prusse, on les verra demain

Caresser le vainqueur et lui lécher la main.

J.-F. Destigny.

Paris, 1er novembre 1840.

REVUE POÉTIQUE DU SALON DE 1840.

L'Ouvrage, composé de 27 feuilles grand in-4°, est enrichi de 24 lithographies exécutées d'après les meilleures œuvres de peinture et de sculture admises à l'exposition de 1840.

Le portrait de l'Auteur, dû au crayon habile de M. Julien, se trouve en tête de l'ouvrage.

PRIX, POUR PARIS : 16 FRANCS LE VOL. — PAR LA POSTE : 18 FRANCS LE VOL.

NOTA. Adresser le prix de la souscription en un mandat sur la poste et affranchir.

NÉMÉSIS INCORRUPTIBLE,

Satire de Mœurs, par L.-F. DESTIGNY (de Caen).

Diminution de Prix.

La NÉMÉSIS INCORRUPTIBLE, formant un corps d'ouvrage d'environ 100 feuilles in-4°, divisé en deux volumes, paraît par livraisons de 4 ou 5 feuilles chaque mois.

LE PREMIER VOLUME EST EN VENTE, PRIX : 15 FRANCS.

Prix de la Souscription au deuxième volume.

	Paris.	Les Départements.
Les 52 feuilles (12 livraisons)	15 fr.	18 fr.
26 feuilles (6 id.)	8 fr.	9 fr.

ON SOUSCRIT A PARIS

CHEZ L'AUTEUR, RUE DE LA HARPE, 61;

ET CHEZ TOUS LES LIBRAIRES.

Typographie LACRAMPE et Comp., rue Damiette.